les éditions du soleil de minuit

Jacques Laplante

Après avoir effectué un séjour de
deux ans en Afrique, l'auteur
enseigna durant six ans au
Nunavik. Il travaille actuelle-
ment à Montréal auprès des étu-
diants inuit du postsecondaire.
Une façon bien agréable de voir
grandir sa famille.

À paraître bientôt,

Aux Éditions du soleil de minuit,
Collection album du crépuscule
L'enfant qui rêvait de s'envoler...
Illustrations de Stéphane Simard

Jacques Laplante

Alaku,
de la rivière
Koroc

Les éditions du soleil de minuit

Les éditions du soleil de minuit
3560, chemin du Beau-Site
Saint-Damien-de-Brandon, (Québec), J0K 2E0

Illustration de la couverture et inuksuk:
François Girard

Montage infographique:
Atelier LézArt graphique

Révision des textes: Carmelle Savard

Dépôt légal, 4ᵉ trimestre 1999
Bibliothèque nationale du Québec
Bibliothèque nationale du Canada

Données de catalogage avant publication (Canada)

Laplante, Jacques, 1953-

Alaku, de la rivière Koroc

(Roman jeunesse)

ISBN 2-9805802-9-5

l. Titre. II. Collection: Roman jeunesse (Saint-Damien, Québec).

PS8573.A63A82 1999   jC843'.54   C99-941669-3
PS9573.A63A82 1999
PZ23.L36Al 1999

Imprimé au Canada

À ma fille, Alaku

Au Nord de l'hiver,
le Nunavik apparaît
comme la face cachée
de la terre.

La rivière Koroc a sa source perchée 161 km en amont, sur les flancs du mont d'Iberville, le plus haut sommet au Québec. Les Inuit appellent cette rivière Kuurujjuaq, qui veut dire *le grand lit de rivière*, d'après les racines *kuuruq*, *lit de rivière*, d'où provient Koroc, et de *-juaq* qui signifie *grand*.

- Les événements entourant toute cette histoire me semblent si proches et sont pourtant si lointains!

Le soleil de minuit s'éternisait à l'horizon, faisant une bande d'or et de pourpre qui se reflétait dans l'eau immobile de la baie. À cette heure tardive, tout le village semblait endormi, bien que quelquefois, l'on pouvait voir des silhouettes pressées circuler dans le village d'une maison à l'autre.

Le crépuscule poursuivait sa plongée dans le silence, jetant de longues ombres qui s'allongeaient sans plus finir, et, comme dans un mirage, paraissaient vouloir se détacher de chacun des objets. Le reflet du couchant sur les vitres des maisons brillait de mille feux, et, pendant quelques secondes, on avait l'impression qu'il s'agissait des lueurs d'un immense navire reposant dans les eaux calmes au milieu de la baie.

La vieille Inuk alluma de nouveau la pipe contre ses lèvres. Elle hocha la tête, continua avec attention à polir du chiffon la pierre verte qu'elle était en train de sculpter. Sur la grève, le silence se fit de plus en plus présent. La vieille femme semblait extraire un à un les souvenirs de sa mémoire au rythme de sa respiration sifflante, comme pour ralentir les battements de son coeur.

Elle hésita, cherchant les mots justes dans la langue des étrangers, puis reprit le cours de son songe.

- C'est une bien longue histoire que vous me demandez de vous raconter. Peut-être vais-je m'endormir avant de pouvoir la terminer! Et puis, c'est tout pêle-mêle dans ma tête... Ces événements ont pris place il y a si longtemps, ils sont cachés si profondément en moi que je ne sais pas si je pourrai me rappeler de tout. Enfin... Si vous insistez...

Voilà comment tout cela débuta

«Bien avant l'arrivée des premiers Blancs, nous vivions, quelques familles inuit, près de la rivière Koroc. Depuis de nombreuses semaines, la famine sévissait dans le camp. Les caribous avaient délaissé le pays depuis plusieurs mois, en quête de meilleurs pâturages. Lorsqu'on tendait le filet sous la glace, la rivière relâchait à peine un ou deux poissons rachitiques.

Les enfants ne jouaient plus, ne riaient plus autour des igloos. Ils restaient étendus dans leur habitation glaciale, près de la petite flamme qui vacillait péniblement, à mâchouiller un morceau de peau de caribou ou de phoque n'ayant plus aucune saveur. Ils ressemblaient à des statues, endormies pour toujours, mais leurs yeux restaient bien ouverts, obsédés par la faim et par la souffrance. Cet hiver-là, le froid et la misère semblaient s'éterniser plus longtemps que d'habitude.

Alors un matin, les hommes se rassemblèrent et discutèrent longtemps. Une seule conclusion s'imposait. Ils avaient décidé d'aller du côté de la banquise pour chasser le phoque.

- Nous allons nous mettre en route dès demain, à l'aurore, commenta le vieil Arpik.

Dans le grand igloo, la réunion

venait de prendre fin. Les hommes opinèrent de la tête et s'en retournèrent chez eux en silence.»

La vieille Inuk s'arrêta de parler, ferma les yeux. Le bruit de la bande qui se déroulait faisait comme un léger bruissement. Elle se retourna vers moi.

- Vous désirez vraiment que je poursuive ce récit?

J'acquiesçai des yeux. Sa voix se fit alors plus ferme.

Le grand départ

«Le matin se levait à peine. Les hommes récupérèrent les quelques chiens chétifs qui leur restaient et les attelèrent aux traîneaux. Après avoir vérifié l'état des lisses, ils s'apprêtèrent à partir lorsque, soudain, une jeune fille, âgée d'une douzaine d'années, vint rejoindre son père.

- Ataata! Ataata! Est-ce que je peux vous accompagner?

- Il n'en est pas question. Le voyage sera long et dangereux. Tu es beaucoup trop jeune pour nous accompagner de toute façon. Tu ne pourrais même pas supporter le voyage!

Du revers de la main, elle repoussa ses longs cheveux noirs vers l'arrière. Sur son mince visage, se reflétait un incertain mélange de volonté et d'hésitation. Elle fronça les sourcils.

- Je ne suis plus un bébé. Et puis, Anaanaq est d'accord pour que je vous accompagne. Elle dit toujours que je porte chance. Je pourrais vous être utile d'une manière quelconque. Je m'occuperai des chiens. Je vous aiderai à la préparation des repas. Ataata, accepte!

- Quels repas? Nous n'avons plus rien à manger! Puis, semblant hésiter, il ajouta: tu es sûre que ta mère est d'accord pour que tu nous accompagnes?

Attendant ce moment précis, la mère sortit de sa demeure. Aucun mot de la conversation ne lui avait échappé évidemment. Elle apostropha son mari.

- De toute manière, ici, elle ne serait d'aucun secours. Nous n'avons plus aucune nourriture à préparer et plus de peau à gratter. De plus, tu n'ignores pas ce que le chaman a dit à son sujet: «Je commence à me faire vieux. Alaku a démontré, à de nombreuses reprises, qu'elle possédait des dons. Elle va me remplacer un jour. Il va falloir entreprendre son apprentissage bientôt.»

La mère releva la tête fièrement. Elle poursuivit sa courte harangue.

- Ne l'oublie pas...

Elle hésita quelque peu, puis sachant la partie presque gagnée, elle montra plus d'assurance.

- Si c'est important pour elle... Emmène-la avec toi. Elle ne vous nuira pas. Je la connais bien, elle saura se faire toute petite. Elle te sera utile et de plus, je suis sûre qu'elle attirera les esprits bienveillants de la chasse. Elle vous portera chance. Je le sais.

- ...

L'homme hésitait toujours, cherchant à gagner un peu de temps.

- Et puis, vous ne partez que pour quelques jours...

La mère avait exprimé tout ce qu'elle pouvait dire. C'était maintenant au chasseur de décider.

Toujours perplexe, il s'approcha de la femme.

- S'il lui arrivait malheur! Un accident sur la banquise est si vite arrivé! Tu sais comme cet endroit est dangereux!

Voyant le regard de la femme durcir, il battit rapidement en retraite.

- Bon, ça va. Si le chaman a dit qu'elle avait des dons! Je suis d'accord. Mais il faudra qu'elle ne se plaigne de rien. Sinon...

- Youpi!!! Ataata... Je vais tout endurer sans rouspéter, je te le promets. Attendez, je me prépare en vitesse, puis on pourra partir.

- Dépêche-toi. On a assez perdu de temps comme ça.

- Est-ce qu'on ne pourrait pas utiliser Taartuk comme chien de tête?

-Elle va sûrement avoir ses chiots d'une journée à l'autre. Cela serait dangereux pour elle. S'il lui arrivait quelque chose, je m'en voudrais longtemps. C'est le seul bon chien qu'il nous reste.

- Elle nous sera pourtant d'un grand secours! C'est le meilleur chien de tête parmi tous ceux du village.

- Mais elle va accoucher bientôt! Si elle a ses petits en cours de route, c'est toi qui vas t'en occuper?

- Bien sûr! Accepte, je t'en prie!

- ...

- Et puis, peut-être qu'elle les aura seulement à notre retour?

- D'accord! D'accord! Autre chose avec ça?

- Non... Je reviens dans quelques instants... Attendez-moi... J'arr...

Quelques minutes plus tard, tout le monde était fin prêt. Les trois traîneaux partirent aussitôt.»

La légère brise fraîchissait dans le long déclin du jour. D'innombrables oiseaux de mer survolaient encore à cette heure les eaux de la baie en quête de nourriture pour leurs petits. Leurs cris perçants ressemblaient à un vacarme, à un tourbillon de sons cacophoniques et confus.

À l'horizon, le soleil immobile semblait longuement hésiter entre l'aube et la nuit.

Retournant la pierre verte d'une main, de l'autre la vieille se saisit du papier ponce, et se mit à frotter méticuleusement les défenses du morse de la sculpture. Elle marmonna quelque chose d'intraduisible, puis cracha sur le sol à ses pieds.

- Je ne sais pas si je dois continuer... Tout me semble si loin maintenant... Et toi... Jeune Blanc... Il me semble que tu es bien curieux, plus curieux que les autres Blancs que j'ai connus. Ils étaient meilleurs à prendre qu'à comprendre! Toi aussi, tu prendras cette histoire et tu partiras vers la grande ville, pour ne plus revenir. D'ailleurs, ces vieux souvenirs valent-ils la peine d'être gardés? Habituellement, les Blancs s'occupent de choses tellement plus importantes!

Un bref sourire prit naissance dans son visage tout ridé. Ses yeux en amande se fixèrent sur moi, mais son regard n'exprimait plus rien.

- Que vas-tu faire de cette histoire?

- C'est pour mes études sur le peuple inuit...

- Le peuple inuit, coupa-t-elle, le peuple inuit... Tu veux plutôt dire, la misère du peuple inuit...

Elle sembla chercher ses mots pendant quelques secondes.

- Enfin... Ne m'interromps plus et laisse-moi poursuivre cette histoire jusqu'à la fin avant d'être trop lasse...

26

L'installation du camp

«La route fut longue et pénible. Depuis plusieurs jours, un froid intense sévissait dans ces vastes étendues et causa chez les voyageurs beaucoup de souffrances. Il fallait cheminer au grand vent, aiguillonner constamment les chiens qui avaient tendance à diminuer d'effort à tout propos, empêcher les traîneaux de chavirer en terrain accidenté.

Au début du voyage, les chiens semblaient heureux de pouvoir se dégourdir les jambes, mais maintenant que la journée achevait, ils ne souhaitaient qu'une chose: arriver à destination au plus tôt. Enfin, les hommes décidèrent de s'arrêter et cherchèrent des yeux un endroit propice pour la nuit. Ne recevant plus aucun ordre, les chiens s'immobilisèrent bientôt. Les hommes aux sourcils et aux joues recouverts de frimas descendirent de leur traîneau et se mirent à considérer la neige autour d'eux. Les chiens, quant à eux, se couchèrent aussitôt, exténués par autant de fatigue.

Après avoir examiné l'état de la neige à l'aide de leur couteau en os de phoque, Ammamatuak, le père d'Alaku, et le vieil Arpik choisirent l'emplacement des deux igloos que l'on allait construire.

Ici, entre la banquise et la montagne, la neige n'était ni trop molle, ni trop dure, ni trop récente, ni trop ancienne. Elle était aussi juste assez profonde. Alors que la jeune fille attachait chacun des chiens à un piquet, les hommes entreprirent de construire les igloos sans perdre de temps, car la nuit approchait rapidement.

Ammamatuak tailla le premier bloc et vérifia encore une fois la qualité de la neige à cet endroit. Comme la neige était bonne, on se mit sur-le-champ à tailler les blocs dans le périmètre de l'igloo qui en fournit assez pour terminer le premier rang. Pendant que l'un coupait les morceaux rectangulaires, un autre s'en saisissait aussitôt et les plaçait promptement près du précédent pour former une spirale, alors qu'un troisième bouchait les fentes avec de la neige. En moins d'une heure, les igloos étaient terminés.

Les maisons de neige apparaissaient belles et accueillantes. Après avoir déposé tout le matériel dont ils auraient besoin à l'intérieur, hésitante, Alaku s'adressa à son père.

- Qu'allons-nous donner à manger aux chiens? Ils sont si fatigués de leur journée! Ils meurent de faim!

- Il reste quelques poissons gelés. Ce sont les derniers. Je les avais gardés en prévision de ce voyage. Il faudra les distribuer. Donne-leur-en chacun un. S'il n'y en a pas suffisamment, je les couperai en deux. Si les esprits nous viennent en aide, j'espère demain pouvoir leur donner un peu de phoque.

- Et nous?

- On verra ça demain. Pour l'instant, nous avons de la tisane qui saura nous remonter.

La jeune fille sortit alors d'un sac de peau un large morceau de banik, le pain des Inuit.

- Anaanaq avait gardé un peu de banik en prévision de ce voyage.

- Nous allons le partager avec les autres. Va les chercher, pendant ce temps, j'allumerai la lampe.

Durant ce repas frugal, le silence régnait dans le petit igloo. Chacun à ses pensées, toute la fatigue du voyage s'exprimait dans leurs yeux rivés au sol.

Quelques minutes passèrent. Arpik prit la parole.

- Nous sommes à peine à une demi-journée de l'eau libre. Demain soir, nous mangerons du phoque. D'ici là, il faut tenir.

Personne ne répondit. Les hommes mastiquaient lentement le morceau dur de banik pris sur les réserves du village affamé. Alaku se remémora les journées précédant leur départ, ces jours qui maintenant lui semblaient arrachés à la fin de l'hiver qui n'en finissait plus. C'était toujours un long moment à passer. Alors, les réserves de nourriture tarissaient immanquablement. Mais cette année était particulièrement éprouvante pour tous. Le début de l'hiver hâtif avait fait fuir les caribous vers le sud alors que les oiseaux migrateurs, sentant l'arrivée prochaine de la froide saison, avaient abandonné précipitamment la région sans demander leur reste. Elle se souvenait pourtant aussi d'autres époques de l'année remplies de mots gentils, de rires, de plaisanteries, quelquefois d'appréhensions et de jalousies, mais surtout d'absence de soucis pour le lendemain. C'était alors comme si le ciel était constamment bleu.

Alaku refoula mal un soupir. À cet instant, elle avait le vague sentiment que quelque chose, elle n'aurait su dire quoi au juste, quelque chose se brisait au fond d'elle-même. Comme si son enfance était en train de l'abandonner lentement, sur la pointe des pieds, ne prenant même pas la peine de se retourner et de lui sourire avant de la quitter définitivement.

- C'est possible, répondit son père à Arpik.

Alaku revint lentement parmi les siens. Elle n'avait pas suivi la conversation qui se déroulait à ce moment et elle se sentit un peu étrangère à l'endroit et aux êtres qui l'entouraient. Elle s'imagina dans un autre monde, de plus en plus obscur et incompréhensible.

Elle remonta une mèche de cheveux tombée sur sa tempe.

Le repas se termina rapidement.

Les autres hommes s'en retournèrent dans leur igloo. Dehors le vent polaire glissait sur le sol gelé. Les chiens recroquevillés dormaient, repus de leur journée. La neige balayée par la bise vint lentement recouvrir les bêtes d'un fin manteau givré et éclatant.

Parmi les nuages, la lune entre-

prenait dans le ciel la longue route de la
nuit.

Une nuit remplie de chants anciens

À présent seuls, le père et la fille apprêtaient leurs couches de fortune avec quelques peaux de caribous lorsque, soudain, un chant venu de la nuit se fit entendre.

Arpik entonnait une vieille mélodie venue du fond des âges. Seule une ancienne lampe de pierre éclairait son visage ridé et marqué par les nombreuses années de tourments.

À peine audible, le chant au début ressemblait à une lointaine mélopée, mais rapidement, la voix douce et profonde s'éleva par delà le campement et vint aussitôt se rompre sur les parois de l'igloo, comme ces milliers de flocons de neige poussés par le vent froid du nord. Une deuxième voix, beaucoup plus rauque et frêle, accompagna bientôt celle du vieux chasseur.

Alaku s'emmitoufla sous une immense peau.

- Pourquoi chantent-ils?

- Ils songent aux ancêtres disparus et à la famille qui meurt de faim en ce moment, murmura le père. Mais Arpik et Mitiq ont toujours aimé chanter depuis qu'ils sont jeunes. Et lorsqu'ils sont ensemble, ils se laissent aller à leur plaisir. Putulik doit les regarder et leur sourire tout en mâchouillant une vieille peau.

Après un bref silence, le chant s'éleva de nouveau dans l'immensité de la nuit hivernale. Côte à côte, les voix s'écoulèrent limpides et lentes. Brusquement, la mélodie atteignit des niveaux inconnus et tenta d'envelopper chaque être, chaque objet. Vers la fin du chant, les deux voix se confondirent avec les vents hurleurs de la nuit.

Dans une percée de nuages, la lumière de la lune éclaira un instant les deux igloos immaculés et, tout près, sur un monticule de neige, les traîneaux à chiens semblèrent s'élancer vers des gouffres obscurs.

Vint un nuage et tout replongea dans l'obscurité glaciale.

Le silence revint. Dans l'igloo, l'on entendait seul le vent gémir contre les parois. Puis subitement, un nouveau chant débuta et se rapprocha si vite que la jeune fille se sentit submerger de toutes parts par mille et un sons étranges. À travers le bruit du vent, la voix profonde s'élançait, happée par les rafales, tel un appel de détresse et semblait monter vers les cieux immenses, mais rapidement, comme entraînée au loin par les éléments de la nature déchaînée, elle allait s'amenuisant, comme un douloureux souvenir. Dans ses paroles, le vieux chanteur utilisait des mots venus de ses ancêtres, des mots oubliés et inconnus malheureusement des jeunes. Et à les écouter, Alaku avait le sentiment d'être au bout du monde, perdue dans le froid sur une banquise, balayée par la tourmente jusqu'à la fin des temps.

Dans l'igloo, le chant continuait à se déployer comme les mélodies précédentes, et l'enfant eut l'impression que ces sons allaient l'emporter vers l'inconnu.

- Ce chant ne se terminera-t-il donc jamais? demanda-t-elle, excédée, à son père.

- Essaie de dormir un peu. Ils vont cesser bientôt.

- Comment sais-tu qu'ils vont s'arrêter de chanter?

- Le sommeil va bientôt les gagner. Remarque comme leurs voix s'affaiblissent.

Ammamatuak jeta un coup d'oeil par le trou d'aération pratiqué dans la voûte de l'igloo.

- Il est tard.

- Je n'ai pas sommeil, répliqua-t-elle. Surtout avec ces chants qui me glacent le sang. C'est probablement parce que je ne comprends pas toutes les paroles. Elles semblent si tristes, si nostalgiques!

De l'igloo voisin, le chant se poursuivait, triste et grave, mais semblait perdre d'intensité. À chaque instant, on aurait dit qu'il était sur le point de s'immobiliser. Après un détour, il reprenait pourtant de la force et poursuivait sur un air encore plus mélancolique.

«Depuis les tout premiers temps
Nous habitons le dos du monde
Perdus au nord de l'hiver,

Seuls, sur cette terre de glace
Et d'obscurité.
La solitude de la vie
Se cache au milieu
Et dans l'immensité d'ici,
De ce bout du monde,
Et dans le déclin du ciel.
Nous avons abandonné les esprits,
Car ils nous semblaient loin,
Plus loin que la plus proche
Des aurores boréales,
Comme nos ancêtres
À la dérive des souvenirs
Bien aimés.
Le froid de la nuit nous réchauffe,
Le froid de la nuit nous rapproche.
Le sommeil est sans nourriture,
Le sommeil semble trop lointain.
À coup sûr,
Il y a nos chants
Pour nous réjouir.
Mais il y a aussi la lune au loin

Pour nous éclairer,
De l'intérieur et de la pénombre.
Et la neige comme habit
D'un bout à l'autre de nos membres
gelés.
Nous habiterons l'hiver éternellement,
Seuls, geignants et pleurants.
Nous sommes remplis de faim
Et pourtant..."

Le père et la fille distinguaient maintenant à peine les paroles. Le chant prit subitement fin comme une brisure, une cassure.

- Il va sûrement recommencer dans un instant, dit le père. Quand le vieil Arpik se met à chanter, on ne peut plus l'arrêter.

En effet, après un bref instant de

répit, un autre chant commença. Cette fois-ci, la voix frêle et rauque de Mitiq se fit entendre, majestueuse et déchirante tout à la fois. La voix de Arpik s'éleva quelques instants plus tard et les deux hommes se retrouvèrent pour former un duo harmonieux et tendre.

- Et cette chanson-ci, demanda Alaku, qu'est-ce qu'on y raconte?

- Il est question de famine, dit son père.

- De famine?

- Il s'agit de la dernière grande famine qui frappa notre peuple. Celle qui fit disparaître tant de gens. La moitié de la population fut décimée. Cela s'est produit bien avant notre naissance à tous les deux. Il y a de cela de nombreux hivers. Quand j'étais jeune, mon père nous racontait souvent ce triste épisode. Cette tragédie l'avait marqué à jamais. Il avait perdu sa mère et ses deux plus jeunes soeurs. Je pense qu'il ne s'en est jamais vraiment remis. Il a traîné sa tristesse jusqu'à la fin de ses jours.

Dehors, le chant se prolongea durant de longues minutes.

- Le respect de la nourriture qu'a notre peuple vient sûrement de ce malheur. Il n'y aura jamais quelqu'un qui tuera un animal pour le simple plaisir de tuer. Avant tout, l'homme tue pour survivre, pour se nourrir, lui et sa famille.

Un nouveau chant se fit entendre. On comprenait à peine les paroles, tant la mélopée semblait provenir de loin. Cette mélodie rappela à la jeune fille les chants funèbres entendus il y a très longtemps, lorsqu'elle était toute petite. Alaku se souvint de son grand-père paternel. À la fonte des neiges, il avait été emporté par les flots de la rivière pour ne jamais reparaître. Toute la nuit, on avait pleuré sa disparition.

Mais dans ce nouveau chant, les paroles, du moins celles que l'on pouvait saisir, parlaient d'un chaman qui revenait hanter les êtres qui lui avaient fait du mal, il y a de cela, de nombreuses années. C'était une longue plainte triste et lugubre. Alaku frissonna. Elle se leva.

- Je vais aller voir dehors si tout va bien avec les chiens.

- Ne t'éloigne surtout pas. La lune s'est cachée et on ne voit rien à cinq pas devant soi.

- Je vais juste jeter un coup d'oeil, puis je reviens aussitôt.

Alaku fit rouler le bloc de neige qui ferme l'entrée et se glissa dans l'ouverture. À l'extérieur, l'immense solitude de la nuit la saisit. Dans l'igloo voisin, le dernier chant avait cessé. Regardant vers la droite, à quelques pas à peine, elle imagina, plus qu'elle ne pouvait les voir, les formes recroquevillées des chiens. Elle scruta la nuit dans leur direction pour essayer de les dénombrer, mais peine perdue. D'où elle se trouvait, il lui était impossible de différencier les chiens des monticules de neige. N'ayant pas pris la peine d'enfiler son atigik, le froid commençait à la transpercer. Un frisson la parcourut. Elle décida de rebrousser chemin. Elle revint vers l'ouverture, se faufila adroitement à l'intérieur et referma l'entrée doucement.

De nouveaux amis

Elle apprécia de nouveau la chaleur agréable produite par la lampe à l'huile et son doux éclairage paisible. Son père, allongé sur sa couche, dormait. Elle se dirigea vers la sienne et s'étendit. La fatigue de toute la journée semblait vouloir l'emporter au loin, dans une région de rêve et de néant. Elle s'endormit à son tour rapidement.

Pendant la nuit, elle se réveilla dans un accès de fièvre. Elle ouvrit les yeux et s'aperçut que la flamme de la lampe clignotait faiblement. Elle releva légèrement la tête, et de ses yeux fit un tour rapide de l'intérieur de l'igloo. Tout semblait normal. Ayant gardé la même position, son père était toujours étendu sur son lit, emmitouflé dans sa peau de caribou. Elle reconnut sa respiration lente et calme, et sa chevelure qui dépassait de la fourrure. Dans la nuit, les objets avaient l'air figé par le froid.

Elle entendit alors un frottement venant de la paroi extérieure de l'igloo. Elle tendit l'oreille et retint sa respiration. Tout était calme à nouveau. Le bruit avait cessé. Elle s'apprêtait à se lever lorsque le même bruit de frottement se fit encore entendre. C'était comme un grattement sur la neige. Le bruit se prolongea et elle put distinguer la provenance du bruit. Cela venait du bloc de neige qui servait de porte à l'igloo. La curiosité avait fait place à la peur. Saisie de frayeur, elle revint sur sa couche et se glissa sous les peaux de caribou.

De l'autre côté de la paroi de neige, le bruit s'intensifia. Maintenant le grattement se transforma en un grognement étrange, inconnu de la jeune fille toute tremblante. Ne pouvant plus retenir ses larmes, elle se mit à pleurnicher. Entre deux pleurs, elle appela son père.

Celui-ci se réveilla subitement.

- Que se passe-t-il?

En se rapprochant de lui, elle lui répondit :
- Ataata, Ataata... Il y a un fantôme dehors qui cherche à entrer ici.

- Qu'est-ce que tu racontes? Un fantôme? Aurais-tu fait un cauchemar?

- Non... Écoute!

Dans la nuit, à peine pouvait-on distinguer le bruit du vent qui soufflait au ras du sol.

- Je n'entends rien. Tu es sûre de ne pas avoir rêvé?

- Non... Écoute encore...

Un léger grattement se fit alors entendre venant de l'autre côté de l'entrée.

- C'est vraiment bizarre! Je vais aller voir.

- Non... N'y va pas. C'est dangereux. Je suis sûre que c'est un esprit malfaisant! Je t'en prie!

- Laisse-moi faire. Les fantômes, ça n'existe pas, voyons.

- Alors, qu'est-ce que c'est?

- J'y vais. De toute façon, je prends mon couteau, on ne sait jamais.

Puis, lentement, il se dirigea vers l'entrée. Il prit soigneusement le bloc de neige qui servait de porte, et d'un solide coup d'épaule l'envoya à l'extérieur. Un jappement plaintif lui répondit.

- Incroyable! C'est notre Taartuk!

La jeune fille s'approcha rapidement, se faufila dans l'ouverture et caressa le museau du chien. Taartuk lança une série de sons plaintifs.

- Je viens de comprendre. Vite Ataata. Notre Taartuk va avoir ses petits d'un instant à l'autre. Il faut faire quelque chose.

- Ne bouge pas. Je vais la faire entrer. Ainsi elle pourra accoucher ici où il fait un peu plus chaud.

- Et moi, je vais essayer de l'aider un peu. Attends, je vais étendre une de nos peaux par terre. Tiens, dépose Taartuk ici.

À la lueur de la lampe, ils s'aperçurent qu'elle était bien près de mettre bas.

- Je n'aurais jamais cru que cela viendrait si vite. Nous n'aurions pas dû l'emmener avec nous. Et comment se fait-il qu'elle ait réussi à se détacher toute seule?

- C'est de ma faute! Je ne l'avais pas attachée.

- J'aurais dû suivre ma première idée et ne pas l'entraîner avec nous. Enfin... J'espère qu'elle et ses petits s'en réchapperont!

La chienne exténuée et grelottante se faisait toute petite. On l'installa du mieux qu'on put tout près de l'immense bloc de neige qui servait de couche à Alaku. Quelques minutes plus tard, un premier chiot tout noir vint au monde. La chienne se mit à lécher ce tout petit être frêle et tremblant. Peu de temps après, elle mit au monde un deuxième rejeton, tout aussi noir. Comme pour le premier, la chienne refit les mêmes gestes maternels de douceur et de tendresse. Alaku, toute heureuse, se retourna vers son père.

- Allons-nous pouvoir les garder jusqu'à notre retour?

- Bien emmitouflés et bien installés sur notre traîneau, peut-être bien, dit son père en souriant.

- Regarde comme ils sont beaux!

- S'ils tiennent de leur mère, cela fera d'excellents chiens de tête.

- Est-ce que je pourrais choisir leur nom?

- Bien sûr! Mais pour l'instant, pensons plutôt à dormir. Taartuk semble épuisée maintenant. Comme toi. Tâchons de dormir un peu, l'aube n'est pas très loin. J'espère que pour le reste de la nuit il n'y aura pas d'autres fantômes à notre porte!

- Ataata, tu te moques de moi!

- Mais non!

- Bonne nuit quand même!

- Bonne nuit, panik!

Entourant ses chiots de son corps, immobile, Taartuk semblait dormir paisiblement. Dans l'habitation de neige, tout semblait figé dans la pénombre et dans le froid.

L'aube naissait à peine à l'horizon.»

La vieille Inuk s'arrêta de parler. La nuit, ou plutôt, ce qui en prenait place durant l'été à cette latitude, comme une brunante, avait fini par s'installer. Après avoir tâtonnée quelque peu à ses pieds, la vieille se saisit d'une lampe à pétrole qui reposait là, enleva le globe, alluma la courte mèche à l'aide de son briquet et remit le tout en place. Elle ajusta la mèche en tournant légèrement la roulette de réglage et, satisfaite de l'éclairage, se remit à sa tâche.

Ses yeux maintenant brillaient sous la lumière blafarde de la lampe.

Puis, après quelques toussotements, elle poursuivit son récit.

La légende de l'ours errant

«Le sommeil des deux occupants de l'igloo fut bref, mais réparateur. Au lever, l'homme prit le contenant de neige près de sa couche. Le soir précédent, sa fille avait pensé à faire provision de neige qui servirait à la tisane du lendemain matin. À l'aide d'un petit bout d'os de caribou, il augmenta la flamme de la lampe. Ensuite, il installa le contenant au-dessus de la lampe et attendit que la neige fonde.

De longues minutes s'écoulèrent silencieusement.

Contre la couche d'Alaku, la chienne réveillée s'était mise à lécher de nouveau ses deux chiots. Les deux petites boules noires, tout serrées contre le flanc chaud de la mère étaient rivées à ses mamelles. L'homme se disait qu'il avait peut-être fait une erreur en acceptant que le chien les accompagne. Et puis, tout cela ne leur apportait pas à manger. Cet hiver est bien long, pensa-t-il. Il ne veut pas céder sa place au printemps. La neige, en fondant dans le récipient, émettait de petits craquements à intervalles irréguliers. Si seulement le printemps pouvait venir. Avec l'arrivée des oies et le passage des caribous, peut-être pourrons-nous nous en sortir.

Il continua d'observer l'intérieur de l'igloo. Il y avait dans ce décor (ou plutôt, dans cette absence de décor) quelque chose qui détournait l'attention, qui créait dans l'esprit, une espèce de vide empêchant les pensées de se former. Il se força à se remémorer les raisons de ce voyage, la disette qui sévissait au village depuis maintenant plusieurs semaines, en fait, depuis les dernières festivités du milieu de l'hiver.

Depuis un moment, Alaku regardait son père songeur. La croyant toujours assoupie, il continuait de fixer, à ses pieds, le sol de neige tapée. Puis, il considéra le visage de sa fille. Surpris de la trouver tout à coup réveillée, il lui sourit; en fait, seul le haut de son visage souriait.

Alaku respira profondément. Depuis un moment, elle l'examinait et pour la première fois peut-être de sa vie, elle réalisait combien son père était vieux. Ses mains, autrefois si douces lorsqu'il lui caressait le visage, étaient en ce matin toutes craquelées, crevassées.

Son père se pencha. Il saisit le sac à provisions et se mit à chercher les petites feuilles séchées.

- L'eau sera bientôt prête pour la tisane. Un peu de chaleur va nous remonter.

- Nous n'avons plus de banik. Ça ne fait rien. Aujourd'hui, la chance va nous sourire. Je le sens.

- J'espère que tu dis vrai, ajouta Ammamatuak, comme s'il se parlait à lui-même. Sinon je me demande ce qu'il va advenir de nous tous.

- Ne t'en fais pas, Ataata. Je sens que la naissance des chiots de Taartuk va nous porter chance. Un tel présage ne peut être trompeur.

- Si seulement tu avais raison!

Ils regardèrent les deux petites bêtes blotties contre la mère.

- Donne-moi ces feuilles, Ataata, je vais m'occuper de préparer la tisane.

- Pendant ce temps, je vais aller voir dehors si les autres sont réveillés.

Après avoir replacé le bloc de l'entrée, il examina les chiens tapis dans la neige. Un écran de neige s'était collé contre leur fourrure au cours de la nuit. Au bruit de l'homme, ils bougèrent un peu, s'ébrouèrent et finalement s'installèrent sur leur arrière-train en attente d'un peu de nourriture.

Il scruta le ciel. Les nuages gris paraissaient lourds et immobiles. Il semblait qu'il allait neiger, mais les quelques flocons donnaient l'impression de se perdre dans l'espace avant d'atteindre le sol. Quelques-uns seulement réussissaient à y parvenir après avoir virevolté pendant plusieurs minutes dans le ciel.

Après avoir examiné les lieux, il se dirigea vers l'autre igloo. Il en fit le tour lentement, puis s'approcha de l'entrée. Il attendit quelques instants et se mit à les appeler.

- Arpik! Putulik! Mitiq!

Immédiatement, le bloc qui bouchait l'entrée fut poussé pour laisser place à une tête souriante.

- Vous êtes déjà prêts!

- Pas encore. Nous prenons la tisane bientôt. Si vous en voulez, venez nous retrouver.

- D'accord.

Le liquide bouillant rapidement avalé, on vida les igloos. Le père d'Alaku transporta les deux petits chiens et les installa confortablement avec leur mère sur son traîneau. Il fallait ensuite décider qui serait, parmi les chiens restants, le chien de tête.

- Ne pourrions-nous pas utiliser Kajuk? demanda Alaku.

- Oui, bien qu'il soit un peu trop agressif à mon goût. Enfin, nous n'avons guère le choix. Je n'en vois pas d'autres qui pourraient faire l'affaire. Je vais tout de suite l'installer à sa nouvelle place dans l'attelage et nous verrons bien.

- Faisons-lui confiance, ajouta la jeune fille. Peut-être que dans quelques jours, lorsqu'elle se sera remise de son accouchement, Taartuk pourra reprendre sa place?

Une fois que les chiens furent tous attelés aux traîneaux, Arpik donna le signal du départ.

Installée près de la chienne, emmitouflée dans ses chauds vêtements de fourrure, Alaku voyait défiler le paysage. Tout autour s'étendait un espace désert; on eût dit que la vie, les collines mêmes, qui normalement parsemaient les lieux, s'étaient reculées pour ne pas troubler la solitude des voyageurs. La main caressant la tête de Taartuk, elle scrutait l'horizon pour découvrir les premiers signes de l'eau ouverte. Lorsque, la première, elle aperçut les nuages noirs dans le lointain, elle savait que l'eau était tout près. La couleur des nuages reflétait l'eau sombre qui contraste avec la neige de la banquise.

Elle se retourna.

- Ataata, regarde là-bas!

Elle pointa l'horizon.

- Tu parles des nuages noirs? Tu as compris que nous arrivions à la grande baie. En effet, nous y serons bientôt.

Ils s'étaient arrêtés. Autour d'eux, les autres hommes souriaient des yeux.

- Pourquoi s'arrête-t-on? demanda

Alaku.

Ils firent semblant de ne pas l'avoir entendue et se bornèrent à sourire.

- Mais qu'est-ce que vous avez tous à sourire comme cela?

Son père se rapprocha d'elle. En vérité, il ne savait par où commencer.

- Tu n'as sûrement rien remarqué, mais depuis un moment, les autres et moi avons relevé des traces sur le sol.

- Des traces de quoi?

Avant de répondre, il regarda les autres hommes. Son père respira profondément, puis reprit:
- Des traces d'ours.

- Des traces d'ours?

- Oui, tu as bien compris. Mais tu n'as pas à t'inquiéter.

- Je ne m'inquiète pas. J'espère seulement ne pas le rencontrer, face à face.

Les hommes partirent à rire.

- Nous autres non plus. Mais il faut quand même affronter la situation si elle se présente. Aussi, à partir de maintenant, il nous faudra redoubler de prudence.

Alaku cligna des yeux afin de bien comprendre. Son père baissa le ton, comme dans une confidence.

- Quand j'étais petit, reprit-il, mon

père nous raconta un jour la légende de l'ours errant. Est-ce que je te l'ai déjà racontée?

- Non... J'aimerais beaucoup l'entendre... J'aime tellement les vieilles légendes!

- De mémoire d'homme, reprit Ammamatuak, on n'avait jamais vu un ours aussi gigantesque que lui. Il était bien deux fois plus gros que les ours les plus gros. Mais ce n'est pas tout: en plus de parler sa propre langue, il pouvait aussi s'exprimer dans la nôtre. Il habitait seul un igloo à l'orée du village, près duquel pendaient les peaux de ses nombreuses captures. Il faut te dire qu'il était le plus habile des chasseurs, et plusieurs hommes parmi les plus intrépides de la communauté enviaient son habileté et son audace à la chasse.

Mais il était bien solitaire. En effet, les habitants du village s'éloignaient dès qu'il s'approchait, car on le savait méchant et vindicatif. Mais à la longue, la solitude commença à lui peser. De jour en jour, il devenait plus taciturne, plus triste. Un matin, on ne le vit point paraître au seuil de son igloo. Il resta toute la journée étendu sur sa couche à pleurnicher et à émettre de longs soupirs de mélancolie.

À force de pleurer et de se lamenter, il finit par s'endormir et fit bientôt un rêve. Au début du rêve, il se vit en train de dévorer un caribou entier. Il observait la scène, mais, tout à coup, dans un éclat de lumière, une femme, accompagnée de plusieurs enfants, pénétra dans l'igloo. Elle s'approcha de lui et l'entoura de ses bras pendant que les enfants poursuivaient leur jeu. Il

71

s'agissait, sans l'ombre d'un doute, de sa famille. Les enfants commencèrent à se chamailler, et c'est à cet instant qu'il se réveilla. Réalisant qu'il s'agissait d'un simple rêve, de douleur, il émit un cri de rage qui se répercuta longtemps contre les parois des collines.

Il décida, le lendemain, de partir à la recherche d'une épouse. Il entreprit ainsi un très long voyage. Mais dès qu'il trouvait une femme libre, il ne pouvait s'empêcher, à cause de son grand appétit, de la dévorer. Et quand il se rendait compte du mal qu'il faisait, il se frappait la tête de ses mains en pleurant de rage. Il reprenait alors son chemin en se disant que la prochaine fois, il ne commettrait pas la même erreur. C'est ainsi que l'ours erra pendant plusieurs années à travers les terres froides.

- Et comment l'histoire se termine-t-elle?

- Il devint si renfrogné et si aigre qu'il en oublia même l'idée pour laquelle il avait entrepris tout ce voyage. Il poursuivit sa route ainsi le reste de sa vie, seul, de banquise en banquise, à la recherche d'un vague souvenir qui avait pris, au fil des ans, la forme d'un morceau de viande appétissant.

- Et il continua à manger ses épouses?

- Oui... Il ne put jamais avoir d'enfant, et l'ours mourut de vieillesse dans la solitude la plus grande.

Après avoir attendu quelques instants, Ammamatuak ajouta:
- Quand j'étais petit, on disait

aussi que rencontrer un ours pouvait porter chance.

- Et si cette personne se fait attaquer par l'ours? questionna Alaku.

- C'est sûrement une personne chanceuse. En fait, si elle survit au combat! enchaîna Arpik, sarcastique.

Tout le monde s'esclaffa de rire, sauf Alaku, qui n'avait pas compris la plaisanterie.

- Il faut partir maintenant, enchaîna Putulik. Sinon, on ne parviendra jamais à destination.

Alaku laissa échapper un soupir.

- Au moins, nous sommes encore vivants.

Une apparition bien étrange

Les hommes sourirent et s'empressèrent de donner le signal du départ. Les chiens, excités par l'odeur de la mer toute proche, partirent immédiatement.

Rendus près de la banquise, ils eurent du mal à traverser le muret de glaces soulevées par les nombreuses marées. Après d'innombrables efforts, les chiens soufflant et tirant de toutes leurs forces réussirent finalement à trouver un passage. Ils venaient à peine de franchir le mur de glaces que l'eau libre apparut à quelques mètres devant eux. Quel spectacle magnifique!

À cause des forts courants de ce secteur de la baie, cette eau ne gelait jamais malgré les pires froids de l'hiver arctique. Par contre, avec les vents changeants, il pouvait se former un amoncellement de glace et créer de ce fait une nouvelle banquise. Cette partie de la baie se modifiait constamment au cours du long hiver. Il fallait être continuellement sur ses gardes car, sans aucun avertissement, on pouvait bien se retrouver sur un îlot de glace, à la dérive. Pour se sortir de cette situation, il fallait espérer que les vents changent et qu'ils vous ramènent vers le rivage. Sinon, c'était une mort certaine, dans l'immensité de la mer et du froid.

Arrivés sur les lieux de la chasse,

les hommes décidèrent d'éloigner les chiens. Leur odeur et sans parler de leurs jappements pouvaient faire fuir le phoque. On alla les reconduire sur la terre ferme.

Alaku décida, en les attendant, de commencer à décharger les traîneaux. Elle s'approcha de la chienne et de ses deux chiots.

- Ma belle Taartuk, tu dois avoir faim! Et tes petits, est-ce qu'ils ont froid? Tu vas m'aider à leur trouver un nom, n'est-ce pas?

Elle semblait réfléchir attentivement à quelque chose.

- Tiens, je pense que j'ai trouvé! Que dirais-tu de Qirnitaq, la couleur noire, pour ta petite fille?

Elle poursuivit sa réflexion.

- Oui! J'ai trouvé un nom pour ton garçon. Ce sera Mirquruk, car il a le poil long.

Elle adressa un regard éloquent à Taartuk.

- Je suis bien contente de leur nom. Je trouve même qu'ils leur vont très bien. Qirnitaq et Mirquruk. Ils deviendront de grands chiens, comme leur mère, n'est-ce pas ma Taartuk?

Elle carressa le museau de l'animal. Puis, les yeux vers le lointain, elle marmonna, comme pour elle-même:
- Je me demande s'il y a un ours dans les parages. Ne sentirais-tu pas un ours par hasard?

La chienne reniflait l'air marin. Aux paroles de sa jeune maîtresse, elle ne pouvait répondre qu'avec un balancement de queue. Alaku caressait de nouveau sa tête d'un geste affectueux. La chienne se mit à grogner de doux plaisir. La jeune fille se retourna rapidement. Quelque chose d'étrange se profilait au loin, sur la mer. Un objet, ou était-ce plutôt un animal, semblait flotter entre les nuages gris du ciel et l'eau de la mer.

Alaku ferma les yeux pendant quelques secondes. En les ouvrant de nouveau, elle s'attendait à ce que l'apparition ait disparu de son champ de vision, mais la chose était toujours là, au loin, se découpant très bien contre les nuages foncés de l'horizon.

Regardant attentivement, elle vit

l'objet se déplacer imperceptiblement.

- Misère de misère, se dit-elle, c'est sûrement un monstre marin, il bouge depuis tantôt. Que font-ils, qu'ils ne reviennent pas? Est-ce que je dois crier pour qu'ils arrivent? Que je suis chanceuse! Quand ce n'est pas les ours polaires, ce sont les monstres marins qui m'apparaissent!

Sans perdre de vue l'objet flottant, elle recula lentement. Après quelques pas, elle buta contre un petit bloc de glace et elle s'affaissa de tout son long. Son père et les autres qui arrivèrent sur ces entrefaites la virent s'affaler dans la neige. Ils partirent tous à rire à gorges déployées.

- Pourquoi vous riez? Ce n'est pas drôle! Regardez, il y a un monstre sur l'eau.

- Il s'agit seulement d'un monstre! Et où est-il ce monstre? demanda son père, en regardant autour de lui.

Se relevant rapidement et secouant ses vêtements, elle pointa du doigt l'horizon.

Abasourdis par ce qu'ils voyaient, les hommes restèrent muets pendant plusieurs minutes. Enfin, son père ouvrit la bouche.

- Qu'est-ce que cela peut-il bien être?

- ...

- C'est étrange. Cela ne fait aucun bruit. Cela semble voler dans les airs comme un oiseau, mais en réalité cela flotte sur l'eau. C'est vraiment bizarre!

Il s'assit sur le traîneau. Il était complètement bouleversé. Les autres inclinèrent gravement la tête et vinrent s'asseoir à leur tour. Alaku se colla contre son père.

- Ataata... Est-ce que le monstre peut venir nous manger?

- Je pense qu'il ne nous a pas vus. Regarde... Maintenant il semble reculer.

En effet, l'objet s'éloignait lentement. Ils continuèrent à le regarder en silence jusqu'à ce que l'horizon le happe entièrement. Après plusieurs minutes, ils se relevèrent l'un à la suite de l'autre et entreprirent les préparatifs de la chasse, mais sans guère d'enthousiasme.

De vieux souvenirs

Seul et songeur, le vieil Arpik con-templait l'immensité de la mer. D'étranges odeurs de printemps prove-naient du large. Soudain, il partit à rire.

- C'est encore vague dans ma tête, mais j'ai le sentiment de commencer à comprendre de quoi il s'agit.

- Ah oui? questionna Putulik. Qu'est-ce que c'est?

Les yeux toujours fixés sur l'hori-zon, Arpik entreprit de raconter ses vieux souvenirs du temps de son enfance.

- J'ai toujours pensé que l'histoire que je vais vous raconter était une légende.

Il détourna enfin son regard de la mer et considéra un moment l'amoncellement de glace tout près. Il s'efforçait de se remémorer les différents épisodes de l'histoire entendue il y a bien longtemps. Il entreprit de raconter le récit suivant.

- Vous savez tous comme moi qu'il est difficile de reconnaître la vérité du mensonge. Lorsque j'étais petit, comme cela semble si loin maintenant, les histoires de l'ancien temps étaient contées pendant les nuits d'hiver, préférablement près d'une bonne flamme. Alors, les paroles se remplis-saient, du moins, m'apparaissaient-elles à l'époque, de mystères incroyables et quelquefois même, je ne vous le cache pas, épouvantables.

Pendant un moment, il laissa sa pensée courir à la recherche de ses sou-venirs enfouis dans sa mémoire. Il se racla la gorge plusieurs fois, puis pour-suivit son histoire.

- Mon père nous raconta, un soir que toute la famille était réunie autour de la lampe, qu'il était né très loin d'ici, dans une île au nord du grand détroit. Il vivait là heureux avec sa famille.

Mais un jour, un inconnu arriva à l'improviste et demanda à être hébergé pour la nuit. Il détacha ses chiens de son traîneau et entra à l'intérieur de l'igloo sans prendre le temps de secouer la neige qu'il avait sur ses vêtements. L'homme parlait notre langue, mais avec un accent si étrange que nous avions toutes les peines du monde à le comprendre. Les mots de sa bouche sortaient comme brisés, hachurés par le froid. L'on finit par saisir qu'il cherchait quelqu'un pour entreprendre un long, un très long voyage vers le nord. Il cherchait quelqu'un de fort, connaissant bien la région et ayant un attelage de chiens. Tous les membres de la famille furent bientôt ensorcelés par les belles paroles de l'étranger et il fut décidé que mon père, Angutigik, qui, à cette époque avait peut-être quatorze ou quinze ans, l'accompagnerait vers ces terres lointaines.

Mon grand-père demanda à l'étranger ce qu'il recevrait en retour s'il acceptait que son fils l'accompagne. L'homme parut réfléchir, puis lui demanda ce qui lui ferait le plus plaisir. Tout en gardant les yeux rivés au sol, le vieux répondit qu'un nouveau kayak le satisferait.

L'étranger accepta l'offre.

Le matin suivant, Angutigik et l'étranger partirent en direction de la mer. Ils arrivèrent bientôt en vue d'une immense maison qui semblait construite sur l'eau. Une grande agitation y régnait. Il demanda à l'étranger ce que tout cela signifiait. Celui-ci lui répondit que la maison qu'il voyait, en fait, n'en était pas tout à fait une. Il s'agissait plutôt d'une immense embarcation qui servait à traverser les mers.

Arrivé au pied du navire,

Angutigik se rendit compte que les êtres qui tournaient comme cela autour de la maison flottante, même s'ils portaient les mêmes vêtements que lui en peau de caribou ou de phoque, n'étaient pas des Inuit.

Le vieil Arpik choisit cet instant pour faire une pause et se racler de nouveau la gorge. Il attendit que les souvenirs resurgissent en lui.

Pendant quelques instants, les yeux du vieillard semblèrent se pétrifier.

Impatiente, Alaku se mit à bouger sensiblement les pieds.

- Que s'est-il passé ensuite? Qui étaient-ils? Ils s'agissaient sûrement d'esprits malveillants qui voulaient se saisir de l'âme d'Angutigik! Ou bien, un immense umiaq fantôme venant de...

- Veux-tu bien me laisser terminer cette histoire, coupa Arpik.

Sur la banquise s'établit un silence pesant.

Alaku s'approcha subrepticement de son père et se serra contre lui. Arpik continua son récit.

- Les êtres étaient bien réels. Ils avaient la peau blanche, une barbe hirsute et des sourcils épouvantables. C'étaient des Qallunaat! Ils se disaient des explorateurs de nouvelles terres et étaient à la recherche de... Attendez un peu... Oui... D'un endroit qu'ils nommaient le point du nord, ou quelque chose comme cela. Ils demandèrent alors à mon père s'il ne voulait pas les aider dans cette aventure. Mon père, se rappelant la promesse faite à l'étranger, acquiesça des yeux, et dès le lendemain, ils partirent dans cette grande embarcation. Avant de s'éloigner, ils hissèrent d'immenses peaux blanches. Alors le vent les gonfla si bien que la maison aux ailes d'oiseau s'en alla rapidement.

Si je me rappelle bien de la description que nous en a fait mon père, l'embarcation sur laquelle il partit explorer les régions du plus grand froid ressemblait à ce que nous avons vue tantôt. Il ne s'agit pas d'un animal, mais d'une maison à voyager sur les eaux.

- Mais que fait-elle dans les parages? questionna Mitiq.

- Ça, je ne pourrais pas vous le dire, répondit le vieil Inuk. Mais ce que je sais, c'est qu'il ne s'agissait pas d'un phoque et que ce n'est pas cette embarcation géante qui va nous nourrir!

Ils s'esclaffèrent tous. La tension venait de desserrer son étreinte.

Le vieil homme fit quelques pas en avant vers la mer, puis s'arrêta. Il tourna la tête vers eux et resta un long moment dans cette position, le visage immobile, reflétant un sourire interrogateur.

- Nous devons nous mettre au travail sans perdre de temps. Avant que le monstre ne revienne!

Alaku regarda son père et fit une grimace.

- Nous allons demander à Taartuk

de chercher pour nous les trous de respiration des phoques. Pendant qu'on se postera à ces endroits-là, tu resteras ici à attendre.

L'air maussade, Alaku fixait l'horizon.

Une rencontre fortuite

Et voilà que maintenant tout le monde s'affairait autour des traîneaux, exprimant leur excitation avant la chasse. Il fallait prendre les harpons, les hameçons, une peau de caribou afin de ne pas se geler les pieds, bref, tout l'attirail du parfait chasseur de phoque.

Comprenant très bien ce que l'on attendait d'elle, Taartuk entreprit de chercher les trous de respiration des phoques. Silencieuse, elle allait et venait sur l'immense banquise, reniflant le moindre renflement de glace, la plus petite crevasse. Enfin, après plusieurs minutes de recherche, elle se mit à gratter de ses pattes avant une petite faille dans la glace. Le premier trou de respiration venait d'être trouvé. Mitiq se posta à cet endroit sans plus attendre. Félicitée par les trois autres hommes, la chienne continua son travail. Elle fut un peu plus longue à trouver le deuxième trou qui revint à Ammamatuak, le père d'Alaku. Mais pour les deux derniers trous, elle ne perdit pas de temps inutile et compléta sa tâche rapidement au grand enchantement de tous.

Maintenant, chacun posté près de son trou, la première besogne qui leur incombait était de vérifier le genre de trou. Quelquefois, ces trous de respiration ne débouchent pas à l'air libre. Les phoques ne les fréquentent pas. D'autres fois, ils ont plutôt une grande ouverture à l'air libre. Le trou que surveillait Ammamatuak étant trop petit, il dut l'agrandir à l'aide de son couteau.

Avant de se mettre en position d'attente, les autres chasseurs, à tour de rôle, examinèrent plus attentivement l'ouverture de leur trou respectif. Chacun de leurs gestes séculaires, posé avec grande précision, démontrait une connaissance innée des actions à accomplir. Il fallait s'assurer si le phoque venait tout juste de respirer; s'il y avait une couche de glace mince ou épaisse à l'intérieur du trou de respiration, ou plutôt, s'il y avait encore des bulles sur l'eau. Tout cela fut fait rapidement et l'un à la suite de l'autre, ils se placèrent face au vent (pour empêcher le phoque de les sentir) et enlevèrent toute la neige qui recouvrait leurs bottes. Ils disposèrent une petite peau par terre et s'y installèrent. Ils prirent garde de ne plus bouger les pieds, car ils savaient bien que le phoque est un animal ayant l'ouïe très développée. Même dans l'eau, le phoque peut entendre un simple bruit de neige fondante.

Et l'attente commença.

Le temps s'était arrêté. On aurait dit quatre bêtes à l'affût d'une proie hypothétique, quatre chasseurs velus dans leur atigik en peau de caribous, immobiles sur l'étendue plane de la banquise, prêts à réagir à la moindre alerte, les nerfs tendus à l'extrême.

Ce fut ainsi pendant très longtemps.

De son côté, Alaku, après avoir rappelé Taartuk, s'aménagea une place confortable sur le traîneau de son père et s'étendit sous une fourrure. La nuit précédente avait été si courte et remplie de tant d'événements qu'elle s'endormit presque aussitôt. La chienne allaitait ses deux chiots affamés. Le vent s'était immobilisé. Même le soleil semblait immobile dans le ciel, comme s'il examinait attentivement la blanche immensité de la banquise.

De longues minutes passèrent.

Ammamatuak fut le premier à percevoir un mouvement de l'eau dans le trou qu'il surveillait. Dès cet instant, il demeura pétrifié comme un sombre rocher. Il attendit que l'eau fut redevenue calme et, tendant l'oreille, perçut le bruit de respiration du phoque. Il prit soin de se tenir bien vis-à-vis du trou de respiration et planta de toutes ses forces le harpon. D'un bond, Ammamatuak fut debout, les mains agrippées à la corde du harpon. Il dut immédiatement agrandir le trou de respiration avec le manche du harpon, puis il tira de toutes ses forces sur la corde reliée à la pointe du harpon pour retirer la bête.

Arpik et Putulik se dépêchèrent d'aller l'aider et, à trois, ils réussirent, après quelques essais, à tirer le phoque hors de l'eau. C'était un immense phoque barbu. Après l'avoir traîné sur quelques mètres, le père d'Alaku s'essuya le front.

- Il s'agit d'un mâle adulte (attuq). Il peut avoir cinq ou six ans.

- Pendant que tu t'occupes de ton phoque, nous allons retourner vers nos positions, enchaîna Arpik. Viens

Putulik.

Les deux hommes repartirent vers leur poste de garde. Ils reprirent aussitôt leur surveillance.

L'après-midi passa ainsi.

Les hommes s'étaient maintenant accroupis. À les regarder de loin, on aurait dit maintenant des inuksuit qui émergeaient de la neige. Personne ne bougeait.

Ammamatuak s'était remis à attendre à un autre trou de respiration. Entendant tout à coup un léger bruit, il se retourna et vit Mitiq qui abaissait rapidement son harpon. Ce dernier se mit aussitôt à tirer sur la corde. Alors, le père d'Alaku courut dans sa direction pour aller l'aider à son tour. À deux, ils réussirent à sortir le phoque aisément. Cette fois, il s'agissait d'un animal beaucoup plus petit que le précédent.

- C'est un phoque barbu de deux ans (saqqarurniq), dit Mitiq, souriant. De son bras, il fit de grands signes de joie en direction des autres chasseurs.

- On a tué deux phoques, dit Ammamatuak. Hélas, le jour va se coucher bientôt. Il faut songer au retour au camp. Par chance, nous n'en sommes pas tellement éloignés. Je vais aller parler aux autres et s'ils sont d'accord, nous irons chercher les traîneaux et les chiens. Ainsi, nous ramènerons nos prises de la journée. D'accord?

- Han-han, fit Mitiq, déjà occupé avec sa bête.

Ammamatuak se dirigea vers les autres chasseurs. Après avoir échangé quelques mots, les hommes abandonnèrent leur surveillance et partirent à travers les glaces vers la terre ferme, où ils avaient laissé les chiens et leur équipement. Penché au-dessus de l'animal, Mitiq continuait le dépeçage entrepris plus tôt.

Soudain Taartuk se mit à japper. Elle venait de sentir et d'apercevoir un ours polaire qui se dirigeait vers eux. Réveillée par les hurlements de la chienne, Alaku, perdue encore dans son sommeil, se demandait ce qui pouvait bien se passer lorsque, tournant la tête, elle aperçut l'énorme bête qui s'avançait lentement dans leur direction. L'ours s'arrêta subitement. Il se leva sur ses pattes arrière et flaira tout autour. C'était une bête gigantesque, deux fois la hauteur de son père.

Là-bas sur la terre ferme, ayant aussi aperçu l'ours, les chiens nerveux montraient leurs crocs. Cherchant à s'échapper, ils tiraient de plus en plus sur leurs laisses. Lorsque les hommes se rendirent compte du danger, ils se dépêchèrent de les détacher. Tout de suite, les chiens se mirent à courir en direction de l'ours. Les hommes suivaient derrière.

En quelques secondes, les chiens nombreux encerclèrent l'ours. Ils jappaient et, à tour de rôle, tentaient de le mordre. Penchant la tête de côté, l'ours tentait, de ses grosses pattes, de répliquer aux coups reçus. Les hommes arrivèrent tout essoufflés. Harassé par la meute de chiens, l'ours, qui commençait à montrer des signes d'impatience, cherchait vainement à s'esquiver. Les hommes s'approchèrent de l'animal accablé. C'est alors que l'ours, dans un effort prodigieux, fonça, tête première, au milieu de ses ennemis. Peine perdue, les hommes attendaient cet instant précis pour lui planter leurs harpons dans les flancs. Après avoir tenté à plusieurs reprises de se relever, l'animal mourut dans un râle épouvantable. À la vue de l'ours inerte, Mitiq et Arpik s'approchèrent prudemment du corps ensanglanté.

- Il a dû sentir les phoques capturés, dit Arpik.

Comme se parlant à lui-même, il acquiesça de la tête. Malgré sa fatigue, l'expression de son visage était plus douce.

- C'est une bête magnifique, continua-t-il, un mâle imposant. Il y aura de quoi nourrir plusieurs familles, et les chiens, ce soir, pourront se régaler des entrailles. De plus, c'est la période de l'année où les peaux d'ours sont les plus belles.

Étendu sur le ventre, l'animal, n'eût été de la fourrure marbrée de taches écarlates, paraissait dormir. Les grosses pattes, déposées de chaque côté de son corps, semblaient chercher l'ennemi et vouloir l'abattre d'un coup féroce. Depuis des temps immémoriaux, ce combat violent entre l'ours et l'homme se poursuivait inlassablement et constituait, par-dessus tout, une quête irrémédiable. Le désir, pour chacun, de survivre à tout prix.

La puissance de l'homme contre

la bête, c'est son harpon, qui prolonge en quelque sorte son bras puissant.

Arpik tressaillit. Il regarda autour de lui, et parut, un instant, sortir d'un songe. La lumière du jour commençait à faiblir imperceptiblement. Tout à coup, se révéla à lui dans toute sa clarté, la raison pour laquelle il avait entrepris ce voyage. Il pensa aux siens restés au village (si on pouvait appeler village, les quelques igloos placés de façon désordonnée, comme les étoiles du ciel), résignés devant la vie, souffrant constamment de la faim. Pour eux, toute la lumière du monde avait été consumée.

Alaku s'approcha de la bête morte.

- Pourquoi errais-tu dans ces parages, brave ours? Étais-tu à la recherche d'une épouse?

Les hommes souriaient de la naïveté de l'enfant.

- Allons bon, dit son père. Il commence à se faire tard. Il faut s'occuper des bêtes attrapées aujourd'hui. Mitiq et Putulik, retournez chercher les deux traîneaux à l'aide des chiens. Arpik et moi, nous allons commencer à dépecer l'ours. Il faut se dépêcher, car la nuit approche. Vite!

Les deux hommes récupérèrent tant bien que mal tous les chiens et se dirigèrent à l'endroit où ils avaient laissé les traîneaux. Ils réinstallèrent les attelages et partirent recueillir les deux phoques qui gisaient non loin de là, sur la banquise. Avec difficulté, ils réussirent à soulever les gros mammifères et à les installer sur le premier traîneau à chiens. Puis ils revinrent à l'endroit où ils avaient abattu l'ours polaire. Les cinq hommes firent de même pour l'ours. Après avoir vérifié les attaches, ils partirent finalement pour le petit camp de la veille.

Retraverser le champ de glace emmêlée ne fut pas une mince affaire. Les lourds traîneaux ne permettaient plus comme pour l'aller de faire plein de virages et de détours. Ammamatuak partit en éclaireur: il était chargé de trouver dans tout cet amoncellement de glace un passage qui permettrait aux traîneaux de faire le trajet sans encombre. Il revint aider les autres et, malgré de nombreuses difficultés, ils parvinrent finalement à traverser tout cet espace.

Arrivés de l'autre côté, ils se

reposèrent un peu. La lumière du jour avait diminué de beaucoup. L'immense monticule de glace se dressait maintenant à l'arrière, ressemblant à un champ de bataille monstrueux. La pénombre semblait avoir transfiguré les lieux en un paysage morne, n'évoquant que la douleur. De tout cela, émanait quelque chose de tragique.

Après avoir repris son souffle, Arpik fut le premier à parler.

- Le pire est passé. Le trajet qui nous reste devrait se faire sans encombre. Arrivés à notre campement, nous pourrons nous régaler de phoque. On le mérite bien!

- Regardez, on peut voir la lune qui se lève là-bas, fit Alaku. Les nuages avaient progressivement abandonné le ciel. Elle allongea la tête pour mieux voir. Si je comprends bien, nous arriverons en pleine nuit!

- Si on continue à se reposer comme ça, oui! Allons-nous-en maintenant, si on veut arriver au plus tôt.

Mitiq revint au traîneau et donna le signal du départ à ses chiens. C'est ainsi qu'ils reprirent tous le chemin du campement.

On avançait péniblement en s'efforçant de ne penser à rien. Le paysage, de chaque côté, s'allongeait interminablement, présentant un aspect plat et gris. À un moment, le regard d'Alaku s'arrêta sur quelques collines qui semblaient à moitié enfoncées et qui s'égrenaient le long du chemin. En passant tout près d'elles, elle imagina une vague légende concernant des terres englouties et des peuples étranges absorbés par des gouffres sans fond. Un frisson la traversa. Elle songea à sa mère. Cette dernière lui reprochait souvent ses idées bizarres. Sans queue ni tête, comme elle disait. Perdue dans ses pensées, Alaku n'avait pas remarqué qu'on s'était maintenant immobilisé. Les igloos se trouvaient tout près.

- Il faut, commença son père, construire une cache pour la nourriture. Alaku, occupe-toi des chiens pendant que nous déchargeons les traîneaux.

- Les chiens sont à moitié morts, est-ce qu'on ne pourrait pas leur donner un peu de viande? demanda-t-elle.

- Ils vont attendre encore un peu. Tantôt, ils auront la part qui leur revient.

À l'aide de pierres prises sur le flanc d'une colline non loin de là, les hommes érigèrent une cache à l'abri des prédateurs. Ils devaient agir ainsi, car la construction d'un simple igloo n'aurait pas été adéquate. Les ours, les loups ou les renards auraient tôt fait de le démolir et se seraient emparés facilement de la viande cachée.

Quand la construction fut terminée, on chargea la jeune fille d'aller nourrir les chiens. Excités par l'odeur de la viande, ils jappaient et frétillaient de joie au bout de leurs laisses. Les hommes pénétrèrent ensuite à l'intérieur du plus grand des igloos. On s'était réservé un immense morceau de phoque. Alaku vint les rejoindre rapidement et tout le monde se mit à dévorer la viande crue à belles dents.

Après s'être rassasié, chacun pensa à dormir. Alaku et son père revinrent dans leur igloo. On fit entrer Taartuk et ses deux rejetons. L'homme alluma la petite lampe. Ils s'installèrent sur leur couche respective et, exténués, s'endormirent aussitôt.

À l'extérieur, un chien frileux se retourna: envieux, il observait du coin de l'oeil le gros amoncellement de pierres. Les autres chiens, en boule, dormaient depuis longtemps.

Le vent du nord sifflait doucement en rasant le sol.

Les hommes de l'igloo voisin avaient abandonné l'idée de chanter. Le sommeil s'était emparé d'eux malgré leur désir.

Maintenant au-dessus du campement, la lune continuait longuement son voyage dans la nuit glaciale.

C'est alors qu'une ombre trapue se faufila sans bruit entre les igloos.

Le visiteur nocturne

Le lendemain matin, Alaku fut la première à quitter l'igloo pour aller faire ses besoins. Visiblement, les chiens dormaient encore. Elle se dirigea vers un petit monticule. Tout en marchant, elle remarqua des traces curieuses sur la neige. De retour à l'igloo, elle en fit mention à son père.

- Est-ce que ce sont des traces d'êtres humains ou d'animaux? questionna Ammamatuak.

- Je ne sais pas. Je n'ai jamais vu

de traces pareilles!

- C'est peut-être un renard qui a senti la viande et qui est venu rôder cette nuit.

- Ce ne peut pas venir d'un renard. C'est beaucoup trop gros pour ça!

- Attends! Le mieux, c'est d'aller voir, ajouta son père, impatient.

En repoussant le bloc de neige, Alaku fit sortir Taartuk qui se trémoussait sur sa couche de fortune. Les deux petites boules noires continuaient de dormir. Elle indiqua à son père l'endroit où elle avait fait sa découverte. Il se pencha sur les empreintes. Il semblait apparemment surpris par ce qu'il voyait.

- De quoi s'agit-il, Ataata?

- Je ne suis pas sûr. Va chercher les autres.

La jeune fille partit rapidement quérir les trois hommes qui, sur le coup, sortaient de leur igloo. De retour, ils entourèrent le père d'Alaku.

- Regardez, fit-elle.

Ils étudièrent pendant quelques secondes les traces dans la neige sans parler. Arpik hochait la tête.

- Je n'ai vu qu'une autre fois dans ma vie de telles empreintes. Et si je ne me trompe pas, il s'agit d'un carcajou.

- Un quoi? demanda Alaku.

- Un carcajou, reprit son père. C'est un animal très intelligent, mais on en voit rarement. Son odorat très développé lui permet de sentir la nourriture de très loin, même si elle est enfouie sous la neige.

Puis, après avoir réfléchi, il s'exclama:
- Ah non! La cache! Vite, allons voir!

- Tu crois qu'il aurait réussi à dévorer notre viande? questionna Alaku.

La question resta sans réponse. Les hommes se dirigeaient déjà vers l'abri de nourriture situé un peu plus loin. Mais ils arrivaient évidemment trop tard. Le mal avait été fait.

La construction de pierres était en partie détruite. Bouches bées, les hommes paraissaient abattus. De ses robustes mâchoires, l'animal s'était emparé d'un immense morceau de phoque.

La jeune fille les rejoignit. Des larmes lui vinrent aux yeux.

- Quel désastre! Qu'allons-nous faire maintenant?

- ...

Elle haussa les épaules.

- C'est vraiment terrible! Quelques jours à peine, tout le monde criait famine. On ne réussissait à attraper aucun animal. Depuis que nous sommes partis, on n'arrête pas d'en rencontrer plein! Voulez-vous me dire qu'est-ce qui se passe?

Les hommes souriaient maintenant. Son père s'approcha. Il passa un bras autour de ses épaules et la serra doucement contre lui.

- Tu vois, ce n'est pas bien compliqué... Il y a plein d'animaux qui vivent aux dépens des autres.

- Qu'est-ce que ça veut dire, vivre aux dépens des autres?

- Cela veut dire: avoir besoin d'un autre pour vivre. Comme l'ours. Il a besoin du phoque pour vivre. Le loup tue le caribou.

- Comme nous. Nous aussi, on détend de...

- Dépend...

- Nous aussi, on dépend du poisson, du caribou, du phoque...

- Tu vois, reprit son père. Tu as parfaitement compris.

- Oui, je comprends en partie. Mais ce que je ne comprends pas, c'est pourquoi on nous a volé notre nourriture?

- Écoute petite, enchaîna le vieux Arpik. Tu connais Elijah?

- Oui...

- Comme tu sais, ce n'est pas un très bon chasseur.

- En effet... Il revient souvent bredouille de ses chasses.

- Bon, continua Arpik. Il y a parmi les animaux certains qui ne sont pas de très bons chasseurs. Le carcajou en est un exemple. Ce n'est pas un chasseur très efficace. Il dévore souvent des animaux pris au piège et s'introduit parfois même dans les caches comme on vient tous de le constater. Et s'il ne lui reste que cela, il mangera les carcasses d'animaux tués par les ours ou les loups. Il dépend vraiment des autres animaux pour sa survie. Est-ce que c'est un peu plus clair dans ta tête maintenant?

Alaku se mettait à discerner des choses maintenant, sans toutefois les comprendre tout à fait.

- Oui, mais Elijah ne nous a jamais volé de viande! Ce carcajou ne nous rendra pas notre viande volée!

Les hommes approuvèrent de la tête. Que pouvaient-ils faire?

- Ce que je ne comprends pas aussi, c'est pourquoi les chiens ne nous ont pas avertis, poursuivit Alaku.

- Je ne sais pas trop. Peut-être étaient-ils trop épuisés de leur journée? Le carcajou a dû attendre que les chiens dorment profondément avant de voler notre viande.

- J'ai faim moi aussi, dit Putulik. Mangeons un peu, la journée sera longue.

Ils s'emparèrent d'un morceau de phoque et refermèrent la cache en replaçant les pierres solidement. Dans le

ciel, les nuages se déplaçaient insensi-
blement. Le temps calme annonçait une
belle journée. Le printemps pointait
légèrement le nez.

Tableau de chasse éloquent

Une fois rassasiés, il fallait tracer le portrait de ce que serait la journée. Devaient-ils s'en retourner immédiatement au village, ou plutôt tenter une dernière expédition et avoir l'occasion de ramener un peu plus de nourriture aux leurs, affamés? De toute manière, peu importe la décision prise, il fallait faire vite! Il n'y avait plus de temps à perdre.

Finalement la décision de continuer la chasse pour la journée fut prise à l'unanimité. Plus on aurait de viande, plus longtemps on pourrait tenir jusqu'au retour des caribous dans la région. Pouvait-on faire fi de la chance que l'on avait jusqu'à maintenant? Les esprits étaient avec eux.

- Sauf la nuit dernière, trancha Alaku.

Les hommes rirent longtemps de l'allusion. La bravade du carcajou allait constituer dorénavant un nouveau sujet de moquerie entre eux.

- Jusqu'à ce jour, commença Ammamatuak, chaque fois que nous avons pris une décision, ça s'est avéré être la bonne. Mais assez discuté! Nous devons partir maintenant.

Les hommes préparèrent les traîneaux alors qu'Alaku détachait un à un les chiens. Les attelages furent rapidement complétés. Taartuk et ses deux chiots reprirent leur place sur l'un des traîneaux.

Après s'être installé sur les lisses arrière de son traîneau, Arpik donna le signal du départ d'un bref claquement de la langue. À ce bruit, les chiens se mirent immédiatement en marche.

Le trajet jusqu'à la banquise s'accomplit rapidement. On fit appel, encore une fois, à Taartuk pour chercher les trous de respiration des phoques. Cela prit un peu plus de temps que la veille. Finalement, chaque chasseur prit position. Ils commencèrent leur guet.

Tandis que les hommes attendaient patiemment, Alaku étendue sur le dos, après s'être assurée qu'il n'y avait aucun ours autour, regardait les nuages défiler dans le ciel. Une longue tache diaphane s'étendait à l'horizon. Elle semblait immobile.

Alaku sentait dans sa tête un calme démesuré, un ravissement immense. Elle était seule sous le ciel.

Elle se retourna. Les deux petites boules cherchaient le ventre de leur mère. Taartuk changea de position. Ils rencontrèrent les mamelons et se mirent à téter aussitôt.

Une brève exclamation se fit entendre.

Alaku leva la tête et chercha des yeux d'où venait le bruit. Elle voyait son père se diriger en courant vers Mitiq qui lui, tirait sur sa corde. Elle se leva et alla les rejoindre.

À son arrivée, les deux hommes essoufflés, se tenaient tout près d'un immense phoque annelé.

- Il est vraiment énorme, dit-elle. Où allons-nous pouvoir le mettre? Il va prendre tout un traîneau à lui tout seul, ajouta-t-elle en riant.

- Quelle excellente idée m'a pris de t'amener à la chasse avec nous, déclara son père.

- Ce n'est pas toi, c'est Anaanaq et moi qui avons eu cette idée, rectifia-t-elle. Anaanaq te l'avait dit que je vous porterais chance! Dis-nous si elle s'est trompée ou pas!

- Tu as parfaitement raison, répondit-il. N'empêche que tout cela devait se produire de toute manière.

Puis, après un moment d'hésitation, il ajouta:

- Est-ce que c'est toi et tes pouvoirs magiques qui auraient fait venir aussi l'ours blanc et le carcajou hier?

La jeune fille baissa la tête. Elle soupira. Les deux hommes se jetèrent un coup d'oeil.

- Voyons, panik. Je te taquine! Ris avec nous!

Relevant la tête, elle se mit à sourire.

- Maintenant que nous avons autant de viande à ramener, si on s'en retournait au village? proposa-t-elle.

- À vos ordres, chaman!

- Très drôle!

- Regardez Arpik et Putulik, coupa Mitiq. Si je ne me trompe pas, je crois qu'ils commencent à s'impatienter. Allez chercher le traîneau pendant que je m'occupe de ma bête.

Le père et la fille allèrent rejoindre les chasseurs et leur répétèrent les paroles de Mitiq. Après avoir échangé quelques mots ensemble, ils revinrent tous vers les traîneaux. Ils allèrent chercher les chiens restés à l'écart, puis les attelèrent. Tout cela fut fait rapidement.

- Partez sans nous attendre, commença Ammamatuak. J'ai quelques réparations à effectuer sur le traîneau.

Nous allons vous rejoindre au camp.

Les deux traîneaux partirent sur-le-champ, et peu après on les perdit de vue.

La catastrophe

Alaku alla rejoindre son père en train d'ajuster les courroies de l'attelage.

- Est-ce que je pourrais conduire notre traîneau jusqu'au camp?

- Bien sûr, répondit-il. Je te conseille de surveiller Kajuk. S'il n'est pas bien guidé, il peut lancer tout l'équipage sur une fausse piste. C'est ce qui fait son charme, ajouta-t-il, en riant.

Alaku étouffa un rire derrière ses mains. Une fois les ajustements complétés, elle prit place derrière le traîneau et, se saisissant des guides, donna le signal du départ. Les chiens impatients partirent aussitôt.

Elle aligna les chiens vers le tumulte de glace. Ils n'avaient fait que quelques pas lorsque soudain la glace de la banquise s'effondra. Les chiens de tête se retrouvèrent dans l'eau glaciale, alors que le reste de l'attelage, pêle-mêle, se débattait désespérément au bord du gouffre. Voyant la catastrophe, Ammamatuak, qui suivait derrière, s'élança à toute vitesse à leur aide. Il s'empara des courroies de l'attelage, et de son couteau, sectionna les lanières de cuir. De cette façon, il empêcha les autres chiens de basculer dans l'eau froide. Il s'empressa d'éloigner Alaku et le reste de l'attelage loin du site dangereux.

Les chiens tombés à l'eau s'agitaient vigoureusement, tentant en vain de rejoindre la berge. De leurs pattes avant, ils cherchaient à se hisser sur la banquise, mais la glace mince se cassait tout autour au moindre contact. Alors les chiens se retrouvaient aussitôt rejetés dans le tourbillon meurtrier.

Ammamatuak se dit qu'il devait tenter tous les efforts pour les secourir. Qu'arriverait-il s'il les perdait tous?

À quatre pattes, il se dirigea prudemment vers les trois chiens qui s'agitaient désespérément dans le bouillonnement de l'eau. Sans bouger, la jeune fille surveillait l'approche de son père. En arrivant près du but, il se mit à plat ventre et parcourut la courte distance qui lui restait à faire en rampant.

Rendu au bord de l'eau, il appela les chiens par leur nom pour les calmer. Ils se mirent à geindre tout en continuant avec fureur de battre l'eau de leurs pattes. Il devait tenter de saisir les harnais qui flottaient et qui entouraient encore les flancs des chiens. Mais ils s'agitaient constamment. Il était difficile pour lui de s'en approcher assez et de les atteindre. Après maints efforts, il réussit à en empoigner un et à le remonter jusqu'à lui. Toute mouillée, la bête tremblait. Entendant son nom, elle alla rejoindre Alaku en se trémoussant de joie.

Les doigts maintenant complètement gelés, Ammamatuak appela les autres chiens. Il réussit à attraper la patte avant d'un des deux chiens qui restaient encore à l'eau et le tira jusqu'à lui. Celui-ci partit aussitôt vers Alaku.

Exténué, Ammamatuak revint vers la nappe d'eau. Au même moment, rendu à bout de force, Kajuk coula dans l'eau glaciale.

Figée sur place, Alaku ne faisait aucun geste, mais ses yeux n'avaient rien perdu du combat que son père avait mené.

Il revint auprès d'eux. Les deux chiens s'ébrouaient à tout instant. Une mince pellicule de glace se formait sur leur corps.

- Nous allons devoir réparer l'attelage et refaire les patins.

Les doigts encore gourds d'être restés si longtemps dans l'eau froide, Ammamatuak se mit en quête d'un sac renfermant quelques outils et des bouts de cuir. Il commença la réparation.

Longtemps, la jeune fille resta sans bouger, tête basse.

Pourquoi, songeait Alaku, ne me punit-il pas? Finalement, tout est de ma faute. Si je n'avais pas insisté pour conduire le traîneau, rien de tout cela ne serait arrivé. C'est sûr, j'ai joué de malchance. Qui pouvait savoir qu'à cet endroit la glace était si mince, si fragile?

Après avoir terminé les réparations, il replaça les outils dans sa besace de peau et s'assit sur le traîneau. Il regarda la mer au loin, réfléchit brièvement. Il était trop tard de toute façon. Le mal était fait. Et puis, s'il avait tenu les rênes à ce moment-là, l'accident se serait produit quand même. Il se retourna vers sa fille.

- Cela, bien sûr, nul n'aurait pu le prévoir. Cette partie de la banquise était toute récente.

- ...

- Ne sois pas si triste... Au fait, quel chien allons-nous utiliser pour remplacer Kajuk?

Elle hésita.

- On pourrait prendre Taartuk. Elle semble avoir repris des forces.

- C'est une excellente idée. Partons. Il faut faire vite. Au camp, les autres doivent s'impatienter. Si nous tardons trop, ils vont commencer à s'inquiéter inutilement.

Ammamatuak fit passer de nouveau le harnais récemment réparé à ses chiens et revint se placer à l'arrière du traîneau.

Taartuk en tête, dorénavant cinq chiens seulement étaient attelés aux longues lanières fixées à la traîne. Debout, un pied sur chaque lisse, Ammamatuak fit entendre un son bref. Les chiens partirent sur-le-champ.

On refit le parcours jusqu'au campement sans difficultés. Pendant tout le trajet du retour et à intervalles réguliers, la chienne tournait la tête en arrière comme pour s'assurer que ses chiots étaient toujours là.

Ils arrivèrent sur les lieux et le traîneau s'immobilisa tout près de la cache. Les hommes accroupis devant les igloos se levèrent et vinrent à leur rencontre.

- Que s'est-il passé? interrogea Mitiq. Auriez-vous rencontré un ours vous bloquant le chemin?

- Pas tout à fait, répondit Ammamatuak. Quelques-uns de nos chiens ont voulu faire une baignade. Malheureusement, notre Kajuk avait oublié qu'il n'avait jamais été bon nageur. On l'a perdu.

Arpik s'avança quelque peu.

- Qu'est-ce que tu racontes?

- Après votre départ, reprit Ammamatuak, impassible, une partie de la banquise s'est effondrée. On a été à deux doigts de perdre la moitié de notre attelage.

- Le vent aura changé sans qu'on s'en rende compte. Quelle aventure! Mais le temps se fait tard, il faut songer à repartir. Le village nous attend.

Ammamatuak hocha la tête, mais n'ajouta aucun commentaire. Il n'y avait plus rien à discuter. L'incident récent était loin maintenant.

Pendant qu'on terminait le transfert de la viande gelée dans les traîneaux, Alaku jeta un dernier coup d'oeil dans les igloos pour vérifier que rien ne soit oublié.

Lorsque tout fut prêt, ils mangèrent un peu de nourriture gelée. Brisant le silence, Putulik exprima sa pensée.

- Les traîneaux sont si chargés que

l'on va devoir aller à pied. Par chance la neige est dure et gelée en profondeur. Les lisses des traîneaux devraient glisser sans trop de friction.

Tous acquiescèrent.

Ils rangèrent les derniers objets sur les traîneaux et vérifièrent la solidité des attaches.

Puis, les lourds traîneaux s'ébranlèrent lentement.

Le retour

Au début du voyage, les hommes s'orientèrent sur les imperceptibles ondulations de la toundra. Ils durent ensuite contourner pendant de longues heures une chaîne de collines qui séparaient la côte de l'intérieur des terres. Après quelque temps, on vit un défilé qui perçait les contreforts. Les hommes dirigèrent leur attelage vers la brèche. On devait aider à hisser les traîneaux l'un après l'autre jusqu'au col. À tour de rôle, on fit passer chacun des traîneaux. De l'autre côté, le terrain descendait jusqu'à la rivière. On venait d'accomplir le plus difficile.

Il fallait désormais suivre simplement le cours de la rivière jusqu'au village. Éviter les pièges des rapides, où la glace ne se formait jamais.

À mi-chemin, ils croisèrent des pistes de caribous qui traversaient la rivière.

- Ces pistes ne datent pas de plus d'une journée, affirma Arpik. Ils sont revenus dans la région.

Les hommes fixèrent en silence, durant un long moment, les nombreuses traces sur le sol.

Puis, ils reprirent la route, qui poussant, qui tirant sur les traîneaux, infatigables, aidant du mieux qu'ils pouvaient les chiens, plus désireux que jamais d'arriver enfin au village et de partager le fruit de leur labeur autant que de revoir leurs proches.

Maintenant, de chaque côté, de hautes parois abruptes les entouraient, ne laissant qu'un étroit passage à la rivière Koroc, qui prend naissance comme vous savez, jeune homme, sur le toit du monde, là où les esprits sommeillent, sur les monts Torngat.

Et la route s'allongeait, suivait le cours d'eau sinueux.

Tout le long du retour, ils se répétaient que les caribous étaient revenus dans la région, ils étaient revenus...

Le soleil se couchait lorsqu'ils aperçurent les premières maisons de neige du village.

Une vieille femme revenant vers sa maison vit les traîneaux au loin qui avançaient péniblement sur la rivière. Elle avertit sur le coup toute la communauté d'un long cri aigu typique des femmes inuit.

De nombreuses têtes émergèrent aussitôt des igloos. Les quelques hommes restés au village partirent à leur rencontre.

Voyant les traîneaux ployer sous leur lourd fardeau, on savait que la chasse avait été bonne. Les enfants, d'abord craintifs, apercevant Alaku qui aidait à pousser l'un des traîneaux, quittèrent leur demeure et s'avancèrent timidement.

Aidés de plusieurs bras, ils arrivèrent vitement au centre de l'agglomération.

Devant les visages ébahis, Arpik s'avança prestement.

- Nous avons assez de viande pour durer jusqu'à la chasse aux caribous, dit-il. Pendant les jours qui viennent, tout le monde pourra manger à sa faim.

Les yeux agrandis par l'envie examinaient soigneusement les traîneaux.

Ils aidèrent tous à décharger.

La nuit vint.

Et, à l'horizon, la lune.

Le festin

Peu de temps après, tous les habitants se retrouvèrent dans l'igloo communautaire. De nombreuses lampes éclairaient l'intérieur de l'immense habitation. Le festin venait de commencer.

De son couteau de silex, Arpik découpa la viande du phoque en larges bandes qu'il offrit aux mains qui s'avancèrent. La peau avait déjà été enlevée par Ammamatuak sur la banquise après la capture de l'animal. La forte odeur du sang se répandit partout dans l'igloo.

Pendant toute la durée du repas, les chasseurs racontèrent les péripéties des jours précédents. Alaku les écoutait narrer leurs aventures, hochant la tête à l'occasion, complétant parfois le récit d'une anecdote personnelle.

Penchés vers les héros, les nombreux sourires se mêlaient dans tous les nouveaux détails.

Le reflet des flammes brillait contre la paroi ovale. La chaleur intense engourdissait tous les membres, on avait peine à se remuer.

Les femmes, le ventre plein, riaient de joie.

Beaucoup plus tard, elles se mirent à jouer du tambour.

Les hommes dansaient. Leurs gestes lents exprimaient la satiété, traduisaient en mouvements engourdis le dur combat mené, la victoire sur la fatalité immuable, la force incontestable de l'Inuk face à la détresse millénaire. L'accomplissement souvent sans gloire de la survie.

Vinrent ensuite les chants de gorge aux sons enveloppants, aux murmures primitifs, à la force incantatoire et caressante, et cela semblait parcourir l'espace du ciel, les innombrables dunes de la vaste étendue polaire, rejoignant la banquise pour se perdre jusqu'au fond des mers.

Puis, immuablement, chacun prit sa place de sommeil et s'endormit paisiblement. Un profond sommeil délivré de toutes inquiétudes.

Lorsque tout fut redevenu calme dans l'igloo, seul le bruit léger du vent se fit entendre.

Les chiens rassasiés dormaient depuis longtemps. Seule avec ses deux chiots, Taartuk veillait dans l'igloo de la famille d'Alaku.

Plus tard, beaucoup plus tard, les étoiles dans le ciel commencèrent à s'estomper, l'une à la suite de l'autre. Le ciel vaste et pâle blanchissait l'horizon. La silhouette de plusieurs caribous se profila dans le lointain, grattant le sol à la recherche du lichen sous la neige.

Longtemps, ce jour-là, le silence régna sur le village endormi.

Voilà.
Mon histoire est terminée.»

Maintenant, après s'être tue définitivement, la vieille Inuk se tenait percluse de fatigue. Elle soupira, son visage se crispa légèrement. Elle était affaissée, tête basse.

Nous sommes restés silencieux, perdus dans nos pensées, ayant à peine conscience du temps immobile et de ses longues minutes, qui jamais ne réapparaîtraient.

Je fermai délicatement l'appareil à enregistrer. Quelques secondes après, elle ouvrit les yeux, réveillée par le bruit.

- Je crois que je m'étais assoupie un peu, fit-elle.

Était-elle prête à se confier de nouveau? Il y avait une toute dernière chose que je voulais savoir...

- Mais, murmurai-je, vous ne

m'avez jamais dit qui était Alaku? Était-ce vous, petite?

- Moi, petite? Suis-je si vieille que cela? Comme c'est drôle... Non... Pas du tout... Mais tu n'es pas loin... Non, ce n'était pas moi, Alaku, même si c'est mon nom, à moi aussi. Alaku, c'était ma mère. On m'a nommée d'après elle. Toute cette histoire, je la tiens d'elle bien sûr. C'est Anaanaq qui me l'a racontée quand j'étais toute petite. Elle était si fière de sa toute première chasse aux phoques!

Puis, me regardant droit dans les yeux, elle ajouta:
- Et n'oublie pas, jeune homme blanc, qu'elle fut la dernière chaman du village! Même après l'arrivée du premier père anglican, elle continuait à avoir autant de pouvoir au sein du clan qu'au début, dans sa jeunesse...

- Je comprends...

- Tu ne comprends rien... Si tu savais comment toute mon enfance continue de me hanter... Si tu savais seulement...

Elle se leva alors lentement, difficilement. Elle éteignit la lampe, car déjà le jour à cette heure se levait, ramassa la sculpture à ses pieds et partit d'un pas tranquille et indolent. Longtemps je la vis longer la grève pour retourner chez elle, à l'autre bout du village.

Et le village m'apparut alors si beau dans l'éclat pâle de l'aube, si beau, que j'ai versé quelques larmes. Longtemps après, je me décidai à ramasser tout mon matériel et à rejoindre la chambre du petit hôtel.

Mon séjour ici s'achevait. L'après-midi même, je pris l'avion en direction de «la grande ville» du Sud.

Des mois passèrent. Un jour, je tentai de rejoindre la vieille Inuk. Je fis plusieurs appels téléphoniques à son numéro. Mais personne ne répondait. Une semaine après, j'ai tenté une dernière fois. Une message préenregistré m'apprit que le service avait été interrompu par l'abonnée...

Aujourd'hui, je ne sais pas si elle est toujours de ce monde. Ou si elle est morte, emportant à jamais le reste de ses souvenirs.

J'aurais tellement aimé lui parler une dernière fois. Et lui dire que son histoire, l'histoire de cette jeune fille débordant de vie et d'audace, serait lue par plein d'enfants. Des enfants qui sont, comme elle, remplis d'espoir dans leur tête. Et de rêves fous et insensés.

Lexique

Alaku: autant un prénom qu'un nom de famille inuit, sans signification particulière

Ammamatuak: trop longtemps allaité

Anaana/Anaanaq: maman

Arpik: baie (le fruit que l'on mange)

Ataata/Ataataq: papa

Atigik: anorak

Chaman: prêtre, sorcier, guérisseur

Chamanisme: ancienne religion des Inuit, caractérisée par le culte de la nature et la croyance aux esprits et à la magie

Elijah: équivalent en français de Élie, prénom biblique

Inuksuit: un inuksuk, des inuksuit; empilements de pierres dressées de manière à évoquer une forme humaine. Utilisés pour la chasse aux caribous et comme point de repère

Kajuk: brun en inuttitut

Koroc: rivière qui se jette dans la baie d'Ungava

Qallunaat: les Blancs

Mirqutuk: chien à poils longs

Mitiq: canard

Panik: fille

Putulik: qui ressemble à un trou

Qirnitaq: la couleur noire

Taartuk: noir, la nuit

Umiaq: embarcation servant à la chasse à la baleine

Table des matières